붉은 나무를 찾아서

붉은 나무를 찾아서

황금알 시인선 61

붉은 나무를 찾아서

초판인쇄일 | 2012년 10월 15일
초판발행일 | 2012년 10월 31일

지은이 | 이경순
펴낸곳 | 도서출판 황금알
펴낸이 | 金永馥
선정위원 | 마종기 · 유안진 · 이수익 · 문인수
주 간 | 김영탁
편집실장 | 조경숙
표지디자인 | 칼라박스
주 소 | 110-510 서울시 종로구 동숭동 201-14 청기와빌라2차 104호
물류센타(직송 · 반품) | 100-272 서울시 중구 필동2가 124-6 1F
전 화 | 02)2275-9171
팩 스 | 02)2275-9172
이메일 | tibet21@hanmail.net
홈페이지 | http://goldegg21.com
출판등록 | 2003년 03월 26일(제300-2003-230호)

ⓒ2012 이경순 & Gold Egg Publishing Company Printed in Korea

값 8,000원

ISBN 978-89-97318-26-1-03810

붉은 나무를 찾아서

이경순 시집

황금알

얼마 전에 그곳을 지나갔어.
낡은 벤치가 아직도 그 자리를 지키고
마른 등나무가 기둥을 감고 있었어.
나는 웃음이 나왔어.
그날이 남겨 두었던 추억이
생생하게, 오롯하게 그곳을 떠나지 못했으니까.

어떻게 지냈느냐고.

나는
단지 오늘을 스치는 바람을 느끼고
오늘을 지나는 자연의 변화를 기억하며
그날의 하늘, 그날의 바다, 찬 공기의 쓸쓸함까지도 간직하며
시간과 함께 흐르고 있었지.

가끔은
이 세상에서 나는 자꾸 사라지고 있는 듯
불안하고 불안하여 작은 상념의 기록을 남기기도 했어.

나를 웃게 하는 당신,
파수꾼의 영토가 언제나처럼 안녕하기를.
2012년 가을
이경순

차 례

1부

웨이팡, 모래바람 부는 도시에서

버스는 한동안 말없이 달렸다.
창 밖의 나무들은 아직 봄을 노래하지 않았지만
찬 땅에서는 조심스럽게 어린 풀들이 고개를 내밀었다.
간혹 고향에서 흔하게 보던 풀들을 만나면
나는 가던 길을 멈추고 그들의 표정을 살피곤 했다.

차창에 머리를 기대고
울음을 참는 대신 실없는 웃음을 흘린다.

푸르러 보여도 이 바람엔 모래가 섞여 있어요.
손에 닿을 듯해도 잡히지 않는 구름을 향해
나는 자꾸 허우적거리고 있어요.
한 번씩 헛손질을 할 때마다
나는 자꾸 울고만 싶어요.

어디로 가지? 어디로?
버스는 잠시 고개를 갸우뚱거렸다.
"길은 넓은데 왜 이렇게 어수선한 거야. 도대체."
"저것 좀 봐. 사람이 죽었어."

길가에는 사람이 흘린 사람의 흔적들이 놓여 있었다.
"사람은 갔는데, 사람이 남아 있어."
웅성웅성 웅성웅성
창문 밖으로 고개를 내밀며 구경했던 청년은
잠시 후 버스에서 뛰어내려 토악질을 시작한다.
— 동족의 죽음을 목격한 인간, '나'는 큰 충격에 빠진다.
웅성웅성 웅성웅성
살아 남겨짐으로 나는 다시 삶을 지속한다.

길가 정연하게 심겨진 나무숲.
앙상하게 흔들리며 눈을 어지럽히는.
저 나무들에게서 초록의 잎이 나는 날
홀로 남겨진 나는 어디를 달리고 있을까.

노산 등반기

1
나는 노산으로 가네.

덜컹이는 삼륜차를 탔을 때
바람은 내 머리를 자꾸 어지럽혔지.
굽이굽이 꺾어진 길에는
한가로운 듯 하품하는 어린 꽃잎들

통·통·통 삼륜차 떠나는 자리마다
퐁·퐁·퐁 나타나는 꽃잎.

2
시골 버스는 한 시간 동안 먼지를 일으키며 달리고
나는 신발이 같은 저 두 남자를 보았네.
검고 얇은 신발, 그 속에 감추어진 맨발과 밑이 해진
바지를.
작은 벽돌 하나에도 발을 보호할 수 없을 운동화를 신고
제 더러운 잠바를 의식하는 어린 청년.
청년을 의식하는

청년과 닮은 또 한 남자.

3
도심에서 노산행 버스를 기다리네.
얼마 전에 지갑을 소매치기당한 곳
번득이는 눈을 하고 무리를 지어 다니는 승냥이처럼
그들은 내 지갑을 거짓말처럼 사라지게 하였네.
막노동자의 두 달치의 임금과
당신이 사준 핑크빛의 지갑은 이젠
아련하기만 하고.
시내에 있는 버스는 올림픽으로
모두 새것으로 교체되었지만
운전사는 짜증을 감출 생각이 없고,
승객은 불만이란 단어를 알지 못하고.

차 안을 헤집으며 꼼꼼하게 차비를 받는
안내양의 검은색 돈가방에는 일원짜리 지폐가 가득했
지.

4
차 안이 한산해질 무렵
너무나 갑자기 쑥 튀어 올라온 바위산.
산도, 나도 인적 없는 도로에서 어색하게 서 있었네.
자전거를 탄 아이들이 올 때까지.
바람에 흔들리는 풀처럼 그들은
몸을 흔들며 지나쳐 가려 했지.
택시를 세우듯 오른손을 들어 그들을 세워 물었네.
아이들은 노랗게 웃었네.
글쎄, 아이들은 얼마나 아름답던지.

산 앞에서 산에 오르는 길을 묻고
다시 버스를 타러 걷는 들길.
바람은 어디서나 그리움을 실어다 준다네.

5
어깨를 움츠리고
꽉 채워져 떠나는 노산행 셔틀 버스.
씽씽거리며 산의 품으로.

케이블카를 타고, 바위를 넘고, 계단을 걸어, 오르고
올라
마침내 꼭대기
내가 밟고 선 곳은 현기증을 일으키며 나를 주저앉혔
네.
일어서면 내 몸은 바람이 없어도 흔들거려.

사람들은 비 오기 전 개미 떼처럼
산을 내려가고 있어.

어둠이 오기 전에 내려가야 하는데
나는 무엇을 찾아 여기에 왔을까.

혼자 이 낯선 곳에서
낯선 사람들 속에서
무엇을 하는 것일까.
그늘 하나 없는
이 높은 산의

꼭대기에
서서

지칭 고속도로를 달리며

생선가시같이 마른 나무가
줄지어 서 있는 숲
그 사이에 누렇게 털 바랜 더러운 양들이 모여 있다.

잎을 떠올리지 못하는
숲은 같은 모양으로 끝없다.

고속도로에서 후진하는 자동차
그 운전자의 여유롭게 흔들리는,
차창 밖으로 나와 있는 한쪽 팔.
고속도로에서 역주행하는 자동차,
그 운전자의 까만 선글라스
선글라스에 비친
하늘은 얼마나 푸른가.
구름은 얼마나 꿈결같이 하늘에 머무르는가.

그리고 나는 보았네.
네 다리를 가지런하게 앞으로 쭉 뻗고
빛나는 하얀 털을 차분하게 폭 내려놓고

도로 중앙에 죽어 있는 큰 개를.

유유하게 흘러내려오는 차량들
바람처럼 자유로운 도로에
내가 달리고 있네.

등을 꼿꼿하게 펴고
두 손을 꼭 쥐고
나는 직진하네.

웨이팡, 낡은 아파트에서 만난 나무

배고픔에 떠밀려 장터로 갔을 때
이미 부지런한 빵장수들은 사라진 후였다.
바닥이 보이는 큰 들통에 담겨진
뜨거운 콩물만을 샀다.

비닐봉투 속의 콩물은 평온하고 따뜻한 표정으로 내 손에
매달려서 흔들거렸다.

5층짜리 아파트 앞에 다다랐을 때
나무가 있었다.
바람이 불 때마다 무성의하게 고개를 흔들며
낡은 아파트에 기대 기우뚱하게.

계단을 오르는데
집집마다 현관에 쑥을 꽂아 놓았다.
단오절의 쑥은 제자리가 아닌 듯 위태롭게 걸려 있었다.

내 창문 밖의 나무가 흔들린다.
오층까지 자란 키 큰 나무.

작은 영토와 기우뚱한 몸집이지만
공기는 항상 탁하고 소음이 끊이지 않지만
그래도 나무는 그곳이 그의 자리였다.

큰 잎을 흔들며 도시를 내려다보는 것
뿌리를 견고히 땅에 내리고.

나는 단지 위태롭게 5층에 걸려
나무를 보고 있었다.

여름, 청도 제1해수욕장에서

햇볕은 여과 없이 수직으로 떨어져 내렸다.
몸을 뒤집어 가며 살갗을 태운 노인들은
불룩 나온 배를 흔들거리며 바다로 바다로 들어갔다.

물이 깊게 빠진 해수욕장은 아무리 들어가도
좀체 깊어지지 않는다. 종아리까지 허벅지까지
한참을 걸어들어가서야 비로소 가슴까지 차오른다.
둥둥
몸이 떠오르자 나는 두 손을 뻗어 그대를 잡는다.

짠내를 풍기며 나의 팔은 타들어 가고 있다.
빙글 빙글
바다가 보인다.
수평선이 보인다.
사람들이 보이고
사람들은 물 위에 둥둥 머리만 내놓고 섬처럼 떠 있다.
바다가 보인다.
수평선이, 사람들이 아아, 어지러워 그만해.

그대는 나를 휙 던져 버린다
귀 속으로 입 속으로 코 속으로 물이,
짜거나 혹은 쓴물이 침투해 온다
젖은 빨래를 꺼내듯 그대는 나를 들어올린다.
눈 속에 들어간 약간의 바닷물은
많은 눈물을 이끌고 쉴새없이 나온다.

미안해 정말 그렇게 물거품을 내면서 사라져 버릴 줄은
몰랐어.

나를 어깨에 걸치고 그대는 육지로 나온다.
그대의 등을 때리는 파도밖에는 이제는 보이지 않는다.
아무리 걸어나와도 물은 얕아지지 않는다.
바닷물이,
흔들거리는 푸른 물이 보인다.
파도는 그대의 등을 떠나지 못한다.

끝을 알 수 없는 길을 그대와 나는 걷고 있어요. 어느
날엔 비가 어느 날엔 태양이 어느 날엔 선선한 바람이

불어요. 우리가 지나온 길을 돌아보면 사라져 버려요.
우린 언제나 길의 처음에 서 있어요.

모래 위에 누워 나를 말린다.
살아 있어서인가.
나는 뜨거워질 뿐 건조되지 않는다.

건물 3채
— 교실과 기숙사와 수도 컨테이너

1
며칠씩 나는 같은 말을 반복해요.
어디에서 왔는지,
이름이 뭔지,
어디에 사는지.

하지만 정작 나는 내가 누군지 자꾸 잊어버려요.

학생들은 나의 중국어도 따라해요.
내가 하는 말이 맞는지 틀린지 모르지만
그들은 나의 한국어와 중국어
모두를 따라해요.

내가 웃으면 모두들 따라 웃어요.
소리내어 웃어도,
난 하나도 웃기지 않아요.
저기 웃고 있는 학생들도
사실은 하나도 웃기지 않을 거예요.

2
우리 기숙사 계단을 내려가다 보면
붉은 가로등이 켜진 학교 캠퍼스가 낡은 의자들이
창문 너머로 보이지만,
난 한 번도 멈추어서 밖을 본 적이 없어요.
지금은 마음을 계단에 쏟지만
나중 언젠가 조용히 그곳을 살펴보고 싶어요.

유난히 붉은 초승달과 붉게 빛나는 캠퍼스를 말입니
다.

나는 지금 차갑게 고정된 어느 기숙사 복도를
통과하고 있어요.
이 건물은 가로로 길게 있어서
추운 바람을 잠시 피하며 지나는 통로 같아요.
어두운 통로의 끝에 보이는
저 하늘색 지붕의 작은 컨테이너에는
수도가 있어요.

3

빈 물병이 가득 든 가방을 메고 나는 그곳으로 가고 있
어요.
카드를 넣으면 수도에서 깨끗한 물이 나와요.
빈 물병에 물을 채우듯
자꾸 채우려 하지만
오늘도 그저 나는 속이 빈
물병 같아요.

아무 무게도 느껴지지 않아요.

웨이팡에서
— 산이라 불러 산이 될 수 있다면

소용돌이치며 낯선 바람이 흙먼지와 함께 다가왔을 때
주변은 피할 곳 없는 벌판이었다.

봄은 시린 바람과 함께 다가오려나.
웨이팡의 이 계절은 아무 모양 없이 흙먼지만 몰고 다
녔다.
학생들은 머리를 만지고 옷을 털어
바람이 흩뜨려 놓은 것들을 정리했다.

쉬는 시간이면 복도에서
창백한 얼굴들이 유리창만 한 햇볕을 쬐었다.
나는 곱은 손을 펴 보지만 잘 되지 않았다.

아직 싹도 트지 않은 벌판을 걸었다.
저기 멀리에 산이 있다.
단지 평지보다 조금 높은데,
사람들이 산이라 불러 산이 된 곳.
산이라 불릴 만한 것이 아무것도 없는 벌판에서
사람들은 그것을 산이라 불렀다.

모래바람은 더욱 세차고,
언어는 더욱 낯설게 다가오던 어느 날
눈을 감고 얼굴을 손으로 감싸며
산으로 갔다.

높은 탑을 지어 주변을 볼 수 있는 곳.
높이 올라가니 학교가 보이고 그 뒤로
봄이 태양빛에 밀려오고 있었다.

봄이 오듯 여름이 오고
시간이 흘러 모든 괴로움이 추억이 된 후에
나는 그대에게 무엇으로 살고 있을까.

무엇이라 불러 무엇이 될 수 있다면.

하얼빈대 미루나무 아래에서

맑은 하늘이 있는 오후입니다.
멀리 푸른 바다가 햇살 아래
빛나고요, 호숫가에는 미루나무가 있고요,
하지만 말입니다.

긴 잎을 늘어뜨린 미루나무는
아니라며, 아니라며
제 잎을 가로로 젓습니다.

겨울의 찬바람 속에
태양은 여름의 위력을 아무래도
발휘하지 못합니다.

대학의 캠퍼스
차가운 호숫가에
나는 얼음처럼 고요합니다.

맑은 하늘에 느닷없는 구름은
금방이라도 울음을 터뜨릴 것 같았지만

바람은 아니라며 아니라며
구름을 옆으로 밉니다.

겨울이어도
학생들은 밖에서 책을 읽고 있어요.

겨울이어도
아이들은 뛰어다녀요.

미루나무 고개 흔드는 아래
벤치에 앉아
나만 얼음처럼 고요합니다.

안테나밭을 기억하나요

우리는 멀리 서 있는 등대를 보러 떠났어요.
긴 바닷가를 걸어
화성꽃이 핀 언덕길을 올라
사진나무 아래에서 쉬었다가
안테나밭에서 지구인과 교신하고

강아지풀이 흔들리는 오솔길을 지나
소인국을 만났고
도토리나무 아래를 걸어 언덕 위에 올랐을 때
등대지기의 큰 개가 닭처럼 짖었습니다.
개목걸이가 없는 것을 보고 우리는 뒷걸음쳐
도토리나무 아래를 뛰어 소인국을 건너 강아지풀이 놀
라는 오솔길을 통과해 안테나밭을 지나쳐 사진나무 아
래에 도착해서야 안심을 했지요. 내가 카메라를 들이댔
을 때

그때 멀리 굽어진 길가의 가로등들이
거짓말처럼 일제히 켜졌습니다.
하지만 어스름한 저녁의 기운은 전혀 밝혀지지 못했답

니다.

　오늘도 먼 별나라에서 온 것처럼 눈 속의 꽃은 지었다
피었는지요.
　가녀린 팔을 벌리고 선 나무들은
　자기들이 안테나를 닮았다는 것을 알고 있을까요.

　두 발 떨어져 걸으며 좁혀지지 않을 것이라고
　단정지어 버렸던 차가운 날들.
　어느새 그것은 아주 오래된 이야기가 되어 버렸습니다.
　눈만 감아도 그날이 떠오르니, 이 계절은 겨울입니다.

창커우 공원에서

1
흐린 바람
푸른 나뭇잎을 떨어뜨리는 공원.

알아들을 수 없는 이방의 사투리로
할머니는 손녀를 부르고 있어요.

큰 나무 아래
도넛처럼 동그란 구멍이 뚫린
나무의자에 나는 앉아 있어요.

사람들도 동그랗게 앉아 있지만
나는 꼼짝도 못해요.

푸른 나뭇잎이 날아와
그대의 이마에서 바닥으로,
그대의 손등에서 바닥으로,
의자에서 바닥으로 떨어져요.
떨어져 내려요.

2
어디에선가 시계 초침 소리가 들려요.
초침에 맞춰 숨을 쉬니 숨이 금방 가빠져요.
바람 소리는 파도 소리를 내고요,
사람들은 썰물처럼 빠져나가고 있어요.
심장은 질주하는 기차 같아요.
흐린 바람은 소용돌이치면서 우리를 밀어내고 있어요.

시간이 흐르면
무엇으로든 그대에게 내가 기억되겠지만
그런 생각이 일면

어디에 있어도 나는 기쁘지 않아요.

난파선

겨울,
푸른 바다 위, 위태로운 작은 배.

저 작은 배는
파도가 일면 이는 대로 올라갔다가
밀어내면 밀어내는 대로 밀려가면서도
결국에는 자기가 원하는 곳에 정박을 한다.
저 작은 배조차 저 드넓은 바다를 항해하는데
내 마음은 작은 내 안을 하루 종일 떠돌더니
이내 부서져
난파된다.

해가 떠오르는 아침이면, 바람에 잠시 몸을 맡기고
저녁이면 바다로 작게 부서져 버리는 지는 해 아래에
정박하듯 나를 세워 둔다.
나는 어두워지더니 작아지더니
어둠에 묻혀 버린다.

찬 바닷바람에 밀려 휘청거리는 밤

파도 소리 그곳이 바다임을 알려주고
달 낮게 떠오르면
나는 밝아지고, 커지더니
부서져 버린다.

당신이 사는 집

나에게 오라고,
없는 길 만들어 가며 너에게 손짓했다.
잡초 무성한 길 해쳐 가며 예쁜 풀잎 남겨 놓고,
꽃 다치지 않게 길 만들어 기다렸다.
기다림에도 기다림의 시간이 있는 것을.

길가 모퉁이 담을 타고 올라가는 장미 속에서도
저녁 무렵 바람에 실려 오는 빗방울의 냄새 속에서도
낙엽 떨구어 내는 나무의 쓸쓸함 속에서도
한숨 쉬면 가슴속에서 나오는 하얀 김처럼
너를 떠올릴 것이다.

풀잎 손으로 저어 가며 언덕을 내려간다.
가시덤불에 손이 찢겨 피가 나고
돌부리에 발이 걸려 굴러도
길을 잃은 줄도 모르는
내 마음은 내 것이 아니었다.
밤이면 불빛 찾아 덤벼드는 나방처럼
낮이면 햇빛 쫓는 해바라기처럼

없는 길 헤쳐 가며
민들레 대롱 꺾어 피리 불면서
먼지가 묻은 채로, 피가 나는 채로
나는 나를 떠나간다.

메타쉐콰이어 숲에 간다

이해할 수 없이
그대에게만 관대해지는 것.

이해할 수 없이
그대에게만 관대하지 못해 지는 것.

여행이 필요한 시간입니다.

방금 메타쉐콰이어 숲에 가는 여행 페키지 상품을
예약했습니다.
관광 버스에 그대와 나란히 앉아
모르는 사람들과 우르르 버스에서 내리면
그곳에 아마도 긴 숲이 있겠지요?

동해 푸른 바다
정선 낡은 기찻길
제주도, 부산 혹은 울릉도
참 많은 곳이 쇼핑몰에서 들락날락하면서
저에게 손짓했어요.

메타쉐콰이어.
그 숲의 향기가 나는 것 같아
그 속에서
길게 길게 걷고 싶어졌어요.

전에 다녀온 호수가 마음 한 곳에 생겼거든요.
해가 뜨면 물안개 일고,
한낮에는 태양빛 받아 반짝반짝
물고기랑 풀들이랑 키우고
밤이면 조용히 달빛 안고 있는 호수.

눈물같이 맑은 물을 채우고 채워
바람이랑 다람쥐랑 쉬어 가는 호수가.

저는 그 근처에 아주 큰 숲을 만들 겁니다.
그래서 다녀오려구요.
메타쉐콰이어숲.

2부

봄날

어느 찬비가 내리는 날
활짝 피지도 못한 꽃잎이 지네.

아직 따뜻한 태양 한 번
뜨지 못한 봄인데

아직 따사로운 햇볕 한 번
받아 본 적 없는 꽃잎이 지네.

그러고 보면 나는 억울할 것도 없이
빗속에 서 있구나.

빗물에 떠다니는 꽃잎
저리 고운데

나무를 스치다

팔 벌린 거인들처럼 우두커니 서 있는
큰 나무들
혹은 웅크리고 있는 거인들 같은
큰 나무들

을 본다.
— 잠시 붉은 어둠.

저 나무들이 진짜 거인이라면
정말 무섭겠다.

— 잠시 붉은 어둠

터널을 빠져나온 차는
질주한다.

다시 나무들을 본다.
거인이 아니라 그냥 사람이어도 무섭기는 마찬가지야.
저 나무가 눈을 뜨고 있든, 감고 있든

사람이라고 생각하면 끔찍하지.

오늘은 나무를 봐도 기분이 좋아지지 않는다.

아파 죽겠으면서
나는 계속 상처받는다.

꽃비 내린다

공원 벤치에 앉아
사람들을 구경하고 있다.

사람들이 꽃을 좋아하는 걸 보니
참 착해 보인다.

다 큰 어른들이
벚꽃 나무를 발로 차가며
좋아하고 있다.

꽃비 맞고 웃는 사람들.
그거 보며 꽃비 맞고 싶은 사람들

꽃을 보자고
꽃이 핀 곳을 찾아다니는 걸 보니
참 부지런해 보인다.

어른 흉내를 내며 죽어 버린 친구들과
너무 늙어 버린 친구들이 생각난다.

어울리지 않는다고 모두.

봄이라고 여기저기 꽃비 내린다.
오늘은 유행하는 굽 높은 샌들을 신고
삐뚤삐뚤 걷고 싶다.
어른 흉내를 내기에도
이미 늦어 버렸지만.

오늘도 지구인

이제
자신의 지친 영혼을
어느 골목길 어두운 담 그늘에 앉혀 놓고
한숨으로 돌아와 뒤척이는 그대 위에
하나의 흰 달 빛난다.

어느 기억 못할 조롱으로,
그 빛나는 영혼
다시 찾지 못할 어느 역 대합실에 눕혀 놓고
도망치듯 살아온 그대는
닿을 듯 닿지 않는 별을 바라보는 지구, 지구인

아침 6시 40분 지하철을 타고
늘 같은 자리에 앉아서 창 밖을 바라보면
그곳에 낯익은 모습 하나 비친다.
나와 동행하는 그대는
가진 것도 없었으면서
잃기만 했으니 그리도 공허하구나.

빠르게 공전하지만 그것이 일상인 지구
누워 있듯 뛰어오르든
벗어나려 해도 벗어날 수 없는 그대
그래도 오늘 하루 광활한 우주를 느끼는
그대는 지구인

가시나무

껍질 터지면서 자라나는 자작나무숲
하얀 숲 뒤로하고
제 몸 가르며 가시 키우는 나무

인적 드문 깊은 산 속에서
단지 아프게 하기 위해 만들어진 가시 세우고
누구를 찌르지 않고도 혼자 아픈 나무

흐린 하늘 아래
겨우내 언 땅 녹아 질척거리는 봄

마른 풀 밟아 가며
되돌아 되돌아 가시 만지는

찌르지 못할 가시를 키우는 나무
울지 못할 울음을 키우는 사람

너는 또 하나의 슬픔을 나에게 주고

매미가 운다.
이제 얼마 남지 않은 여름을
지상에서의 며칠 안 되는 날갯짓을 하며
매미가 운다.

그 며칠이 전부이리라.

어둡고 습내나는 시간을 이겨 내고
밖으로 나왔을 때 비가 내리고 있었다.
그래도 너는 울었다.
울어야 할 시간도 없었으리.

아름답지 못한 작은 모양으로
청아하지 못한 큰 목소리로

며칠이면 된다.
며칠이면 쓰러지리.
죽으리.
툭툭 차이는, 혹은 서서히 말라 가는 죽음으로
지상에서의 울음은 멈추리.

긴 밤 소원들은 무엇이 되어 돌아오는가

봉선화 꽃대 자라나 잎이 돋고
꽃이 피어
여름을 먹고 자꾸 피어
이제는 망울망울 꽃씨 담아 가는데

나는 아무런 표정도 없이 너를 스친다.

스티로폼 상자 속에서 자라나
계단 난간 위에서 해를 보았고
장맛비 몸으로 어김없이 이겨 낸 너이지만

나에겐 그리움이 없어서
이루고픈 첫사랑도 잃어버려서
네 꽃잎 물, 들이지 못한다.

붉은 물
손가락까지 물들여 버려라.
밤새 불편한 잠, 자면서도
붙잡고 싶었던 무엇에게

이젠 그만 작별을 고한다.
너를 외면함으로, 이제 너의 시들어 감을 보아야 한다.

그 옛날 뒤척이며 욱신거리던 손가락들아
첫눈을 기다리던 그리움들아

그 밤, 설렘으로 잠 못 이루던 소원들은
이제, 무엇이 되어 돌아오는가.
봉선화꽃 터져 꽃씨 사방으로 튀어 올라도
봄을 기다리지 못하는 마음아

붉은 나무를 찾아서

1

아침, 풀잎 냄새가 납니다.

풀잎 냄새는 밤새 어디에 있다가 어둠이 물러나니 나타나는 걸까요.

뒷문이 있는 오래된 초가집이 보여요.

계곡물 흐르는 소리가 크게 들리고요.

초가지붕에서 빗물이 떨어지고 있어요.

빗소리에 뒷문을 열자 비탈진 돌밭으로 이제 막 자라나는 옥수수와

얌전하게 돌담 아래 자리를 잡고 있는 어린 호박 떡잎이 비를 맞으며 말합니다.

"뭐라고?"

그들은 일제히 푸후후후 웃어댑니다.

"안개가 산으로 넘어가요……."

안개가 산으로 넘어가면 비가 그친다던데, 호박 떡잎은 뭐가 그리도 재미있을까요?

붉은 나무는 멀리 떨어져서 나를 보고 웃고 있어요.

2
그곳에 갔을 때 무엇이 있었지?
풀이 자라나 밭을 덮고, 집이 쓰러져 있었던 걸.
빗소리가 들리는데 눈이 떠지지 않아요.

그 언덕, 바람이 부는 언덕을 넘어
수풀 우거진 길을 헤치고 가면
붉은 나무 한 그루 살고 있었습니다.

혼자서는 갈 수 없는 언덕을
아무도 함께 가 주지 않는 숲을
헤치고 가면

하늘빛 꽃 피어나
붉은 잎 바라보는 곳

3
희뿌옇게 부운 얼굴의 달이 계속 나를 따라왔습니다.
태양이 있는데 달은 왜 나타났을까요?
도시는 소스라치게 놀라며 경적을 울려댑니다.

미약골 우리 아버지

아버지 뵈러 산에 가는데
발 밑에 질경이
길 가득 자랐습니다.

칡넝쿨 헤치고 산길을 갑니다.
일 년 동안 자라난 풀잎들이 서로 엉켜
아버지 한참을 찾았습니다.

개운하다 개운해
말 안 듣는 중학생 데려다 머리 깎아 놓은 것 같네.
오빠는 혼잣말을 너무 크게 중얼거립니다.
내년 봄에는 잔디를 좀 심어야지.

우리 골초 아버지
일 년 동안 담배도 못 피우셨네.
오빠는 담배를 놓아 드립니다.

아이고, 우리 아버지 술 취하실라
그래도 한 병을 다 뿌려 드립니다.

네 나이가 몇이더라.
오빠들이 묻습니다.
아이고, 우리 아버지 돌아가신 지가 벌써 그렇게 되었네.

아버지 뵙고 산을 내려오는데
사나운 풀잎 몸에 엉기고,
나뭇가지 얼굴을 때렸지만
아픈 줄도 몰랐습니다.

그저 말하지 못한 어떤 서러움들이
울컥울컥 솟구쳐 나왔습니다.

바람 사이로 쓸려다니는

1
한동안 나는 계절의 흐름을 알지 못했다.
내 옷차림은 낡은 반팔과 헐렁한 바지
너무 오래 입어 벗어 놓으면
허물처럼 흉측해 보이는

봄이 가고,
여름이 가고,
겨울이 올 때까지
방에 누워서 TV를 보는 일
그것이 일과의 전부였던

어느 날에, 어느 날엔가부터
시간은 빠르게 이동하였다
시계 초침은 쉼없이 재깍거렸고
눈을 뜨면 또 하루가 지난 뒤였다.
잠은 자꾸 나를 잡아먹고 차츰 모든 것이 희미해졌다.

2
어느 아침
현관문이 열리고
무수히 많은 눈발이 들이닥치고,
억, 소리나는 추위가
회오리를 일으키며 들어왔다.
이제 그만 가지!
겨울이 나를 휘몰아쳤다.
반팔옷을 펄럭거리며
바지로 허우적거리며
나는 쓸려 갔다.

사람들이 돌아본다.

그건 그저 희미하게 사라지는 몽상
슬리퍼 사이로 발가락들이 힘을 주면서 버티고자
하였지만, 나는 그렇게 쓸려다녔다.

3

나를 기억한다고 말해 줘.
만약 당신이 나를 모른다고 한다면
나는 아마 주저앉아 버릴지도 몰라 여기에서
그날이 아직 생생하다고 이야기해 줘. 우리가 바라보
던 것은 차창
밖의 푸른 바닷물이었다고.
내가 그렇듯 당신도 역시 슬픔을 이겨 내지 못했노라고
고백해 준다면 좋겠어. 나는 너무 추워. 잠바라도 입
을 걸 그랬지.

오래된 그믐밤

덜컹이던 막차에서
홀로 내리면
내가 올라가야 할 산이
그곳에 있었다.

어스름하게 산이 보이면 모를까.
누구에게 손전등 하나 빌릴 수 없었던 마을
달도 뜨지 않는 밤에는
단지 느낌으로 발을 더듬거리며
보이지 않는 산을 올랐다.

다리 아픈 어머니가
혼자 계시는 산 속의 집
수백 번도 더 오르내리던 그 길을
느낌으로, 아
여기에 무덤이 있는데,
여기에 죽은 떡갈나무가 있는데
하면서.

발을 헛디뎌 한 길 아래 덤불로 떨어져 내려도
울음조차 참고 기어올라야 했던
아이의 밤

잠시 나를 잃어버리기도 했던.
길을 벗어나 덤불 속을 걷고 있었던.
눈을 감으나 뜨나 똑같았던 어둠
나와 어둠을 나눌 수 없었던 밤

두리번거리다 만난 작은 빛
완전한 어둠 끝에서
정말 앞이 캄캄한 순간이 오면
그 빛이 반짝인다.
견뎠으니 살아남았던 아이. 나.

3부

바이움

그는 현재 괴물과 싸우고 있다.

괴물은 너무 무시무시한 괴력을 갖고 있어서
25명의 전사가 모여서 잡으러 갔는데
3시간째 아무런 소식이 없다.

넥타이를 고대로 벗어 걸어 놓고
벨트를 풀어 고대로 걸어 놓고
그는 황야의 괴물 앞에서 창을 휘두른다.

동료들이 쓰러져 죽어가고
3시간이나 싸웠지만 결국 죽어가는 남편.

패배자의 그늘이 드리워지는 그에게
위안삼아 묻는다.

그 괴물 이름이 뭐야?
"바이움"

밤의 도시인

도로의 소음은
밤이 깊어도 잦아들지 않는다.
그저 배경이 되어 버린 소음이다.

잘사는 사람일수록
사람들과 멀어진다.
가까이 있을수록 냄새나고 더럽고 시끄럽다는 걸
이제 모르는 사람은 없으리.

비명 소리도
고함 소리도
그저 배경이 되어 버린 소음이다.

오늘 나는 나의 침해받지 않는 공간 속에서
문을 잠그고, 보조키를 잠그고
초인종 버튼으로 복도를 확인하면서
곡예사도 침범 못할 고층에서
유리창을 잠근다.

아무도 올 수 없음이
평온을 주는 도시의 밤

차가움과 의심만이 하루를 버티게 하는 힘이 되는 도시,
도시에 밤이 오면
어둠은 모든 것을 삼켜 버린다.

옥상에서

어느 날 나
옥상에서
널려 있는 빨래틈으로
소리내어 우는 바람을 보았네.
그 위에
태양이 빛나고
봄은 오고 있었네.

아무리 웅크리려고 해도
나의 몸은 공중으로
솟아올랐네.

아무리 돌아가려고 해도
나의 몸은 공중으로
솟아올랐네.

손에 닿았던
모든 것은 사라졌지만
그 옥상

하얗던 빨래는
아득함 속에서 아직도 빛나고 있네.

전화를 끊고

살아간다는 것이 어떻게 이렇게 쉽게 비극을 만들고
관객도 없이 무대에 있는 배우처럼 공허한 것일까.

알면서도 막지 못하고
보면서도 피하지 못하고

스스로 암울한 집을 몇 채 설계하고
그곳에 누워
이젠 햇살 드는 집 지어 보리라 결심하는
나는 늙은 건축자.

처음부터 다시 살아갈 수 있다면

옳지 않은 길을 가는 것이다. 너는.
손가락질하면서,
수군수군거리면서.

나는 끄덕거렸다. 그건 그래요. 당신들의 말이 모두
옳아요.
모든 날들은 괴로움과 죄책감으로 덧칠되었다.
그런 모든 것들을 나는 꿀떡꿀떡 삼켜서 내 안에 가둬
버렸다.

그가 말했다.
"당신의 행동은 정말 이해하기 힘들어요."
그러자 숨어 있던 눈물들이 쏟아져 나왔다.

강을 거슬러 올라가는 연어처럼 어쩌면 나는 어리석
다. 끝까지 다다르면 나는 물에 거꾸로 처박혀 떠다닐지
도 모른다. 뱃속에서 막 쏟아져 나온 슬픔들이 독립되어
내 주변에 머무르면 휘어이 휘어이 멀리 가거라. 말도
못하고. 눈도 감지 못하고.

맑은 물 속에 슬픔을 낳고
맑은 물 속에 흔적 없는 눈물을 낳고
비가 오는 날이거나 맑은 날이거나 상관없이
당신을 사랑해 버린 기억을 뱉어 내지 못하고
처박은 고개를 들지 못하고
외로움은 이미 죽음 앞에, 고통 앞에 의미를 잃는다
해도.

그리할지라도 나는 되돌아가는 길을 알지 못한다.

봄, 밤, 꽃

한낮 만발하던 꽃잎
이 밤,
바람에 흩날리며 떨어진다.

태양빛으로
빛나던 꽃잎은
이제
찬 달빛 아래 쌓여 간다.

내가 두려운 것은
그대가 떠나서가 아니다.

바닥으로 떨어지는 꽃잎
나는 꽃잎보다 더 빨리 시들어 가리.

나무 위에 펼쳐진
하늘을 본다.
표정 없는 달,
나를 본다.

소나기 내린다

정말 오랜만에 가위에 눌렸다.
어렴풋이 아기였을 때 가위에 눌린 적이 있었지만.

아무리 입을 열어도 비명조차 나오지 않는데,
꿈이야, 생시야?
꿈이야, 생시야?
나는 확인하려 했다.
생시야.
그가 말했다.
생시야.
아, 꿈이었으면,

그런데 핸드폰이 울렸다.
눈을 떴다.
꿈하고 똑같은데
주변을 돌아보니 아무도 없었다.

가슴은 계속 뛰고 있었다.
단지 소나기가 쏟아붓고 있을 뿐.

그대에게

삶이 그저 견디다 보면 그럭저럭
살아진다는 걸 모르는 건 아니었어요.

환한 햇살이 비치는 날은 눈부셔요.
세상은 온통 밝게 빛나고요.

어느 날에는 비가 무섭게 내리고,
우산을 써도 옷이 모두 젖었어요.
아무것도 보이지 않았습니다.

전화기에서 그대의 목소리가 들려오자
나는 사거리 한복판에서 눈물을 뚝뚝 흘리며 울었어요.
그대는 "여보세요." 말고는
아무 소리도 하지 않았지만
한참 울고 나자 아무렇지도 않아졌어요.

요즘 대낮에 길에서 우는 여자는 흔해요.
하지만 소리를 내어 울면 곤란해요.

삶이 그저 살아서 살아진다지만
모두가 같은 것은 아니지요.

그래도 그대
견뎌 내길 바랄게요.

폴라로이드1

나의 순간은 찍히고 사라진다.
이전에 어떤 사람과 폴라로이드 한 장 찍었다.
5천원인가. 만원인가. 암튼
거절할 순간이 지나 얼떨결에

그곳은 경포대였다.
막 해가 지려는 순간이었다.
우리는 사진을 보고 동시에
킥킥 웃으며 말했다.

이거 버리자.

바닷가 바위 위에서 사진을 버렸다.
사진은 바람결에 꽃잎처럼 날려 바다에 떨어졌다.
꽃잎 떨어진 꽃처럼 한동안 우리는 흔들렸다.
바다는 순간 한 장의 사진이 되어 흔들렸다.

참 이상하지, 그 사진 생각이 가끔 난다.
선명하게 기억난다.

뒤로 보이던 모래사장이며
어정쩡했던 우리의 모습이며
모든 것들이.

당신, 혹시 이 글을 보시면 연락 주세요.

― 이러니까 갑자기 납량 특집이 된다. 그는 죽었다.

폴라로이드2

이미 사라져 버린 사진이지만
노을의 그림자 아래 손 흔드는 사람
사람들은 각기 다른 표정이지만
나에겐 한 가지 얼굴로 보여
저기, 차창 밖에서 손 흔드는 사람
분명 돌아서 가는 길에
씨앗처럼 눈물을 뿌렸을 테지만
지금은 그저 아름답기만 하고.

많은 인파 속 너만이 선명하게 찍혀 있어.
여름이 질 무렵이면 네가 뿌렸던 눈물 자국마다
꽃이 피어나겠지만 지금은 그저 웃고만 있고.

가끔 그곳으로 달려가고 싶었다.
손 흔들던 모습 그대로 기다리고 있을 것만 같아
다시 못 만날 줄 알면서도 나는 떠나왔을까.

또 한 계절을 이겨 내면
조금은 바래질까
버리고 버려도 버려지지 않는 사진

폴라로이드3

사람들은 모여 사진을 찍는다.
플래시를 터뜨리며
자신의 모습을 찍기에 여념이 없다.
하지만 나는 찍는다.
당신의 마음을.
아무리 카메라를 들이대도 보이지 않는 것.
순간 지나가 버리는 것.
하지만 붙잡아 두고 싶은 것.

어지러움과 두통 끝에서 바다가 보였다.
순간 바다의 광활함, 바다의 푸름, 바다의 내음이
내 눈으로 들어왔다.
실눈을 뜨고, 바다를 본다.
차는 흔들리며 도로를 달린다.
나는 흔들리며 바다를 본다.

당신은 모자를 깊이 눌러 쓰고
주머니에 손을 넣고 창 밖을 본다.
당신이 보는 창 밖엔 온통 시린 바다뿐이다.

당신은 말한다.
순간 지나가 버리지 않겠다고.
나는 대답한다.
순간 지나가 버려도 괜찮다고.

저 바다 분명 같은 바다인데,
어느 날은 시리고, 어느 날은 눈이 부셔.

당신이 고개를 들어
살짝 웃기 시작했을 때
바다는 온통 눈부신 빛이 된다.

행복한 꿈

그대의 겨드랑이에 코를 박고 파고들 때
그대 내 머리까지 이불을 푹 덮어 주면
기온이 따뜻해지면서
내가 꾸는 꿈은
부풀어 오른다.

이스트 넣은 빵 반죽처럼
조용히 보글대면서
두 배로 커진다.

발가락을 꼼지락거리면서
미소를 띠면서
나는 아무도 모르게 보글댄다.

그 다음 깊은 잠을 잘 것이다.
여름 뜨거운 태양 아래 겨울 잠바 덮은
청국장처럼 씩씩거리면서.

어느 날에는 눈물로 그대 옷을 적시고

어느 날에는 소매를 끌어와 콧물을 닦겠지만
그러다 지쳐 잠들 것이다.

나를 곰삭힐 것이다.

4부

그들이 가장 가까웠던 밤에

어둠이 마음까지 내려앉아,
빨래를 걷으러 옥상으로 갔다.

늦은 밤 달빛에 흩날리는 옷가지

달은 고개를 옆으로 돌려 하나의 별을 보고 있었다.
별은 반짝거리며 달의 시선을 받았다.

저리도 다정하게
무슨 이야기를 하는 걸까.

화성이 얼마나 건조한 줄 모르고
화성의 거리를 알지 못하고

달이 얼마나 쓸쓸한 줄 모르고
달의 비밀을 알지 못하고

저리도 다정하게
무슨 이야기를 하는 걸까.

내 마음의 어두운 곳으로 들려온다.
빛으로 대신하는 저들의 이야기.

곧 서로에게 멀어지리.
몇만 년의 시간이 흘러 다시 만나도
오늘을 기억하지 못하리.

자작나무숲에서

낯선 곳에서 맞이하는 나는
더욱 낯설다.
거울을 꺼내 대면하지 않아도
지금까지 함께해 온 내가
조금은 더 아름다웠다면 좋았을 아침이다.

자연은 말이 없는 듯 보이지만
침묵하지도 않는다.

마른 풀이 밟히는
산길을 걷는다.
겨울을 견뎌 냈다고 하기엔
살아 있지 않은 듯 보였다.

차갑고 딱딱한
자작나무숲을 지날 때
나는 나에게서
따뜻함, 안타까움, 웃음
그리고 위로를 느꼈다.

갑자기 계곡물이 세차게 흘러왔다.
뭐라고, 나에게 끊임없이 말하면서

말아라, 아무도그리워하지 말 아 라.
말하라, 아무도그리워하지 않는다고 말 하 라.

이제 나는 마음을 정했다.

자작거리면서 숲들이 웅성댔다.
계곡물이 서로 엉키며 곤두박질쳤다.

자작나무숲에서 나는

당신과 나의 재미없는 이야기1

나는 쓸데없는 말로
당신의 쓸데 있는 말을 가로막고,

나는 쓸데없는 웃음으로
당신의 쓸데 있는 슬픔을 덮어 버리네.

나는 꿈꾼다.
다 거짓이었다면
당신과 나
이렇게 재미없는 이야기를 쓰고 있지는 않았을걸.
어쩌면 우리 울며 가슴을 치며
이별을 하는 사이가 되었을지도 모르지만.
그건 참 재미있는 이야기일 것을.

떠나 버릴 그대여.(혹은 남겨질 그대여)
함께할래요? 당신과 나의 재미없는 이야기.
길고 지루할수록 행복해지는,
시간이 흘러
그대 내 이름을 잊어도
우리 웃을 수 있는.

당신과 나의 재미없는 이야기2

강가
그대가 앉았던 자리에
꽃잎처럼 가만히 앉아 보았어요.
그때 바람이 불었고
아주 작은 바람이었는데
나는 바람에 날아가 버렸어요.
훠월훨훨
아무리 찾아봐도 당신은 보이지 않았어요.
그리고 나는 강물에 안착했어요.
그래요, 당신이 걸어갔을 그 강가가 보입니다.

길은 당신을 기억합니다.
전화기에 대고 당신은 말했지요.
아무것도 아니야, 아무것도
길은, 당신이 말하는 것이 아무것이라는 것을 알고 있
었어요.
그래서 길에게 미안했어요. 나는
길을 똑바로 바라볼 수 없었어요.

잠깐,
길은 잠시 가던 길을 멈추었어요.
정말 당신들의 이야기는 아무 재미가 없군요.

당신이 앉았던 자리는 아직 그대로입니다.
그 자리에 앉았다 사라지는 사람들.
시간이 지나면 나는 잊을까요.
기승전결도 없이 흩어져버린
우리의 재미없던 이야기들을

스타크래프트에 대해 묻다

(도대체 이 게임이 뭔가요?)
자, 설명을 잘 들으세요.
프로토스, 테란 그리고 이건 저그입니다.
이 세 문명이 우주에서 만나서 전쟁을 벌이지요.

저그라는 벌레 종족은 본능적인 물어뜯기, 독침 발사, 그리고 엄청난 번식력이 가장 큰 무기입니다. 가장 본능적이지만 체력적으로 가장 강해요. 그래서 기동력이 좋아요.

휴먼 종족은 테란이라고 그러는데, 자동화된 방어. 그리고 확장력이 있어요. (잠깐 확장력이라니요?) 기지를 떼어서 옮길 수 있는 확장력입니다.
방어력이 좋아요. 원거리 능력이 가능한 시즈탱크……얘들은 모두가 원거리죠.

그리고 프로토스는 뛰어난 과학력으로 저그 종족을 못 움직이게 하거나 테란을 우리 편으로 오인하게 정신을 조정할 수 있는 마법적인 능력이 뛰어납니다. (프로토스

를 한마디로 어떻게 설명할 수 있을까요?) 한 마디로 말
하자면 가장 선진화된 역사가 오래된 종족입니다. 정신
력도 고강하고 과학이 발달되어 있어서 기상천외한 무
기들도 많지요.

(저, 테란 말인데요. 기지 확장에 대해 다시 한 번만)
테란에게 있어 그건 그렇게 중요한 능력이 아닙니다. 자
세한 건 인터넷으로 검색해 보세요. 그러면 훨씬 더 전
문적으로 나와 있으니까요. 아! 네…….)

사실 저는 스타크래프트에는 별 관심이 없어요. 하지
만 그대가 매일 그 황량한 곳에서 전쟁을 치르니 그 이
유가 궁금했지요.

앞니로 얼음 먹는 건 재미있어

선풍기 바람이 빙글빙글 돌아갈 때마다 커튼이 흔들거
려요.
커튼은 하루 종일 내려져 있어요.

가족들은 어둠이 사라지지 않은 새벽에 고향 계곡으로
여행을 떠났습니다.
제 고향은 아니지만 저는 그곳의 나무 냄새를 매우 좋
아해요.
큰 덩치들을 한 차에 곱게 구겨 넣고 떠나며 가족들은
멋쩍게 웃고 있어요.

보지는 못했지만
떠나는 큰언니, 둘째언니, 셋째언니,
큰오빠, 작은오빠, 엄마, 새언니, 지루해하는 조카, 잠
자는 조카, 형부들까지
모두들 이가 하나씩 빠진 듯 조금은 우스워 보여요.
차가 흔들리면 모두 좌로 우로 흔들거려요.
내가 얼음을 가득가득 채워 넣어 흔드는 도자기 컵처
럼요.

한참을 달려 산이 점점 가까이 다가올 때
그때 분명 붉은 해가 번쩍 떠올랐을 거예요.
하지만 눈앞에 바싹 다가온 산 때문에 아무도 몰랐겠
지요.

계곡에 도착해서 막 아침을 먹으려 하는 그때

그대는 얌전하게 식탁 앞에 앉아
앞니를 두 개 내놓고
토끼처럼 얼음을 씹어먹기 시작했어요.
오도독거리며
얼음의 조각들은 오도독 오도독 사라져 갔어요.
놀라운 광경이었어요. 얼음이 순식간에 사라졌어요.

내가 박수를 치면서 좋아하자 그대는 냉동실에서 얼음
상자를 꺼냅니다.

커튼에 그려져 있는 빨간 동그라미들이

우우 빠져나가 둥둥 떠다니기 시작했어요.
그 틈을 타
햇살은 방으로 슬그머니 들어와 앉습니다.

초승달

영혼이 떠나 버린 집
어느 남자의 폐허를 한강에서 올리는 걸 보았다.
그 지친 모습 위로 붉게 노을이 걸렸다

덜컹, 그를 가슴에 안고
붉은 등이 빙빙 돌아가다 손 흔든다.
잘했다.
그날에 돌아가길 잘했다.

바람은 잠시 쓸쓸하다
나무는 잎들을 몸 속에 숨기고 울었다.

그날 밤 껍질을 벗는 꿈을 꾸었다.
얼굴에서 발에서 허물이 벗겨져 나갔다.
완전탈피한 나에게는 아무 고통도 없었다.

하늘에선 구름바다 사이로
파란 하늘이
초승달을 안고 나타났다 사라졌다.

태엽

어렸을 때 시간이 나도 모르게 자꾸 지나는 것 같아
시계를 놓고 볼펜으로 분침의 끝을 누르고 있었다.
분명 분침이 내가 알게 빠르게 움직이지 않았음에도
내가 지켜보는 가운데 시계에는 동그랗게 잉크가 묻고
있었다.

그날은 처음으로 친구가 죽은 날이었다.
나는 어제만 해도 대걸레를 돌리며 나를 향해 돌진하던
그 아무 생각 없어 보이고 천진하기만 하던 아이가
죽음이라는 엄청난 일을 밤새 겪었다는 것이 믿기지
않았다.
나도 모르는 사이에 어떤 일이 일어나는 것인지 나는
시계에게 물었지만
잠시 엎드려 우는 사이 시간은 잉크 자국을 훌쩍 건너
뛰었다.

오랜만에 동문회 카페에 들어가면 어김없이 올라와 있
는 부고
나는 그가 세상과 이별하는 시간에 무엇을 하고 있었

는가.
　의미 없이 날짜를 세어 본다.

　나는 자라났어도 슬픔을 이기는 방법을 익히지 못했다.
단지 나도 모르게 흐르는 시간이 길어지면
슬픔은 분해되어 내가 숨쉬는 대기 중으로 흩어져
내 주변에 머무르는 것이었다.

이제는, 도랑아

내가 아주 아기였을 때
집 바로 뒤에는 도랑이 흘렀다.
맑은 아침이면 순이네, 분이네 할 것 없이 모여들던.

누구는 돌로 만든 빨래판에 빨래 비비고,
누구는 짚으로 냄비를 닦던,
바닥에는 송사리 떼 돌아다니던.

아기였던 우리들은 목욕을 했다.
머리에 비누칠하고 잠수하면
끝없이 펼쳐지던 미지의 세계.

떠내려오던 신발이라도 하나 잡으면
엄마와 시선 마주치며 뿌듯하던 마음

도랑 바로 앞에 있다는 것만으로도
충분히 북적거렸던 집
도랑 하나로 풍요롭던 작은 집

도랑아, 도랑아
맑은 산골물 가슴에 담고
마을을 흘러 어디로 갔니.

길고 긴 도랑,
가로질러
뛰어넘으며
미끄러져 자빠져도 웃음보 터지던

그곳엔 지금 무엇이 있을까.

시가 된 고등어

집 안에서 고등어 냄새가 난다.

바다의 신선함을 잃어버리고
바닷가의 비린내만 간직했던
고등어구이.

창문을 열어 놓았다.
냄새야, 냄새야 멀리 날아가거라
인천 앞바다까지

냄새들은 샐쭉하니 나를 쳐다본다.
나는 딴청을 피우며 수첩을 꺼낸다.

시를 쓰기에는 수첩이 많이 작은데?
수첩에 쓰는 시는 다 짧고 길쭉하게 생겼다.

오늘의 시에 비린내가 묻는다.
눈을 감지 못한 고등어 냄새가
수첩에 길게 누워 글자가 된다.

기억에게

딱딱한 침대
격자무늬 창문
투박한 거리

모든 것이 변했어도
자꾸 그 시절이 생각나는 건

서늘한 바람이 불어서이다.

추억은
날카롭게 숨어 있다가
하나의 단서만으로
폭풍처럼 그 시절로 나를 옮겨 놓고

이어
침묵으로
침묵으로

모든 것은

서늘한 바람이 불어서이다.

가을이 온 것이다.

마지막 저녁

서쪽 하늘에 해가 걸려 있다.
모양자를 대고 그린 듯
동그랗게

무엇이 이렇게 탁한 것일까.
버스의 창 밖으로는 무겁고 뿌연 것들이
저녁을 채워 가고 있었다.

거리 위의 자동차
멀리 보이는 굴뚝들
모두 임종을 앞둔 환자처럼 거칠게 숨쉬는 시간

버스 뒷자리의 어린 청년들은
연실 담배를 피워대며 떠들어대고 있었다.

차라리 택시를 탈까?
기침을 하는 내게 그가 물었다.
아니,
택시에 대한 흉흉한 소문을 어제도 들었는걸.

그리고 여긴 고가 도로야.

앞에서 옆에서
오래되고 낡은 냄새들이 정화되지 못한 채 떠돌아다니고
내일이면 우리는 떠난다.
알고 있었음에도 이별은 언제나 갑작스럽다.

울렁거림 속에서
어느 순간 저녁이
조금씩 환해지고 있었다.

여기는 중국의 어느 도시.
지금은 이곳의 마지막 저녁.
하얗고 희미한 달이 걸리는 시간.

해 설

슬픔의 힘으로 살아남기

박   촌(작가)

언제부터인가 시인들은 시인들만의 언어로 시를 쓰면서 당신들의 천국을 이루었다. 알지 못할 비유와 현란한 수사로 의미를 꽁꽁 숨겨 놓거나, 몇 번이고 비비 꼬아서 본래의 의미를 알아보지 못하게 하거나, 지나친 압축으로 시 한 편을 읽으려면 선문답을 듣는 것처럼 머리가 아팠다. 그러면서 시와 사람들간의 괴리감을 발생시켰다. 시는 언어의 유희가 아니며 시는 본래의 의미를 노래하듯이 사람들에게 들려 주는 것이라고, 느끼는 것이라고 말하고 싶었다. 하늘 높이 올라가 있는 시를 땅바닥으로 끌어 내려 모든 사람들과 공유하고 싶었다. 비비 꼬이고 지나친 수사와 압축을 남발하는 시들을 읽다가 지친 내게 이경순 시인의 시는 청량한 음료처럼 내 머리를 맑게 만들었다. 감히 말하거니와, 이것이 시의 본령本領이다.

이경순 시인의 시를 읽으면 시가 지닌 본연의 의미를

깨닫고 시에 대해서 다시 한 번 생각하게 된다. 담담한 어조로 격렬하지 않은 평범한 단어의 조합으로 의미를 이해시키고 슬픔에 동참시킨다. 그래서인지 이경순의 시에서는 격렬함이나 감정의 과잉이 없다. 아니, 없다는 표현보다는 깊이 감추어져 존재하지만 보여지지 않게 숨어 있다. 아주 담담한 어조로 자신은 아무렇지도 않고 상처 따위는 별로 중요하지 않다고 말한다. 하지만 자세히 들여다보면 절망, 혹은 고통의 시간들이 나무의 생채기처럼 무덤덤한 표정으로 각인되어 있다.

　　겨울이어도
　　학생들은 밖에서 책을 읽고 있어요.

　　겨울이어도
　　아이들은 뛰어다녀요.

　　마루나무 고개 흔드는 아래
　　벤치에 앉아
　　나만 얼음처럼 고요합니다.
　　　　　　　　　　　－「하얼빈대 미루나무 아래에서」에서

　얼음처럼 고요한 것은 나뿐이다. 아이들이 추위를 감당하고 밖에서 책을 읽어도 그것은 하나의 풍경일 뿐이다. 그리고 그 풍경 속에 얼음처럼 고요한 내가 미루나무 고개 흔드는 아래 하나의 풍경으로 존재한다. 그런 고개 흔드는 미루나무는 그의 시 곳곳에 다른 모습으로 존재한다.

> 내 창문 밖의 나무가 흔들린다.
> 오층까지 자란 키 큰 나무.

> 작은 영토와 기우뚱한 몸집이지만
> 공기는 항상 탁하고 소음이 끊이지 않지만
> 그래도 나무는 그곳이 그의 자리였다.
> ― 「웨이팡, 낡은 아파트에서 만난 나무」에서

나무 아래에 있다는 것은 나무의 영향력을 받고 있는 상황이다. 하지만 시인은 처한 상황이야 어떻든간에 관찰자의 시점에서 냉정한 시선을 잃지 않으려고 노력하고 있다.

> 나는 단지 위태롭게 5층에 걸려
> 나무를 보고 있었다.
> ― 「웨이팡, 낡은 아파트에서 만난 나무」에서

하지만 나무가 다 부정적인 이미지를 지니는 것은 아니다.

그 언덕, 바람이 부는 언덕을 넘어
수풀 우거진 길을 헤치고 가면
붉은 나무 한 그루 살고 있었습니다.

혼자서는 갈 수 없는 언덕을
아무도 함께 가 주지 않는 숲을
헤치고 가면

하늘빛 꽃 피어나
붉은 잎 바라보는 곳.

—「붉은 나무를 찾아서」에서

붉은 나무는 멀리 있고 잎을 모조리 떨어뜨린 앙상한
미루나무는 가까이 있다. 그런 나무들은 현실이다. 늘
스치고 비비고 살아야 하는 현실 속에서 나무들은 누구
를 찌르지 않고도 혼자 아프기도 하고(「가시나무」) 울음을
감추기도 하고 하늘빛 꽃으로 피어나기도 하고(붉은 나무
를 찾아서) 웨이팡, 낡은 아파트에서 만나기도 한다. 만
나고 스치는 나무들이 모여 사는 곳은 숲이다. 그 숲은

동해 푸른 바다
정선 낡은 기찻길
제주도, 부산 혹은 울릉도
참 많은 곳이 쇼핑몰에서 들락날락하면서
저에게 손짓했어요.

메타쉐콰이어.
그 숲의 향기가 나는 것 같아
그 속에서
길게, 길게 걷고 싶어졌어요.
―「메타쉐콰이어 숲에 간다」에서

　　나무를 스치며 나무 아래서 얼음처럼 고요하다가 붉은
나무를 찾아 먼 길을 돌다가 그러다가 마침내

　　여행이 필요한 시간입니다.
―「메타쉐콰이어 숲에 간다」에서

　　라고 단정을 내린다. 그리고 그 행선지는 노산이다.
숲과 나무와 산이 공존하는 곳이다.
　　메타쉐콰이어 숲에 가는 패키지 상품을 예약했지만 정
작 발길은 노산으로 향한다.
　　노산으로 가는 발걸음은 가볍고 경쾌하다.

　　나는 노산으로 가네.

덜컹이는 삼륜차를 탔을 때
바람은 내 머리를 자꾸 어지럽혔지.
굽이굽이 꺾어진 길에는
한가로운 듯 하품하는 어린 꽃잎들

통·통·통 삼륜차 떠나는 자리마다
퐁·퐁·퐁 나타나는 꽃잎.
— 「노산 등반기」에서

이 얼마나 가벼운 발걸음인가? 통·통·통 으로 퐁·
퐁·퐁 으로 노래하듯이 삼륜차가 떠나고 꽃잎이 나타나
고 있다. 하지만 그것은 하나의 풍경일 뿐이다. 한가롭고
가벼운 풍경 속에 숨어 있는 현실은 그렇지 못하다.

도심에서 노산행 버스를 기다리네.
얼마 전에 지갑을 소매치기당한 곳
번득이는 눈을 하고 무리를 지어 다니는 승냥이처럼
그들은 내 지갑을 거짓말처럼 사라지게 하였네.
— 「노산 등반기」에서

얼마 전에 소매치기를 당한 곳이며 번득이는 눈을 하
고 무리를 지어 다니는 승냥이처럼 그들은 내 지갑을 거
짓말처럼 사라지게 한 살풍경한 곳일 뿐이다. 그리고 어
둠이 오기 전에 내려가야 하는 사람들이 비 오기 전 개
미 떼처럼 내려가는 그런 낯선 산일 뿐인 것이다. 시인
에게는 산뿐만 아니라 바다도 하나의 현실로 대변된다.

저 작은 배는
파도가 일면 이는 대로 올라갔다가

115

밀어내면 밀어내는 대로 밀려가면서도
결국에는 자기가 원하는 곳에 정박을 한다.
저 작은 배조차 저 드넓은 바다를 항해하는데
내 마음은 작은 내안을 하루 종일 떠돌더니
이내 부서져
난파된다.

— 「난파선」에서

시인의 모습이, 시인이 극복해야 하는 현실이 난파선 속에 숨어 있다. 흔들리면서도 결국은 자기가 원하는 곳에 정박을 하는 모습이야말로 시인이 닮고 싶어하는 모습이지만 마음속의 배는 떠돌다가 난파되어 버린다. 난파선에는 시인들의 모습이 숨어 있다. 돈이 되지 않는 시와 베스트셀러를 기대할 수 없는 현실이 오히려 아이러니하게도 수십만 수백만의 시인들을 양산하고 있다. 시를 쓴다고는 하지만 제대로 된 시를 쓰지 못하면서, 한줄 한 단어에 혼을 담지도 못하면서 시인 흉내를 내는 수많은 시인들이 즐비하다. 그리고 옥석을 가려낼 수 있는 독자들이 많지 않은 까닭에 정작 진짜 시인들은 현실로 숨어 버리고 가짜 시인들이 난무하는 까닭에 한국의 시단의 미래는 암울할 수밖에 없다. 실력은커녕 기본기도 없는 시인들도 돈 몇 푼이면 자비 출판을 하고 시인입네 하고 시인 흉내를 내고 있다. 소설에는 가짜가 많지 않다. 기승전결이 있고 길고 독자들의 날카로운 시선

116

이 있기 때문이다. 무엇보다도 하나의 단편, 혹은 중장
편을 쓰려고 하다 보면 스스로 오류를 발견하고 주저앉
기 마련이다. 하지만 시는 그렇지 못하다. 단 한 줄을 제
멋대로 써 놓고 시라고 우기면 시가 되는 것이다. 수많
은 감정의 과잉이 넘쳐나고 뼈를 갉아 내는 퇴고를 전혀
거치지 않은 어설픈 시들이 어쩌다 시류를 타면 팔려나
가는 눈물겨운 세태가 되어 버린 것이다. 하지만 그런
와중에도 진짜 시인들은 눈물겹게 시를 쓰며 흔들리는
난파선에서 제대로 정박하려고 힘겨운 사투를 하는 것
이다.

매미가 운다.
이제 얼마 남지 않은 여름을
지상에서의 며칠 안 되는 날갯짓을 하며
매미가 운다.

그 며칠이 전부이리라.

어둡고 습내 나는 시간을 이겨내고
밖으로 나왔을 때 비가 내리고 있었다.
그래도 너는 울었다.
울어야 할 시간도 없었으리.

아름답지 못한 작은 모양으로
청아하지 못한 큰 목소리로

　　머칠이면 된다.
　　머칠이면 쓰러지리.
　　죽으리.
　　툭툭 차이는, 혹은 서서히 말라 가는 죽음으로
　　지상에서의 울음은 멈추리.
　　　　　　　－「너는 또 하나의 슬픔을 나에게 주고」에서

　머칠을 울기 위하여 몇 년을 애벌레로 살며 인고의 세월을 견디다가 마침내 변태變態를 하였을 때 하필이면 비가 내린다. 자동차의 경적 소리와 고함 소리와 비명 소리, 그런 혼돈의 소리들 틈에서 청아하지도 못한 큰 목소리로 울어야 하는 것이 현실이다. 제대로 퇴고되지 못하여 감정의 과잉과 억지 슬픔이 난무하는 수많은 시집들 틈에 섞여 다른 시집들과 똑같은 취급을 당하며 이경순 시인의 시집도 며칠간 시집의 한 칸을 차지하다가 잊혀져 갈 것이다. 그것은 눈물겨운 현실이다.

　이 땅에 진정한 시인들이 단명하지 않기를, 붓을 꺾지 않기를 진심으로 소망한다. 그러기 위해서는 옥석을 가려 내는 날카로운 시선이 있어야 하며 가짜 시인들이 진짜 시인의 행세를 하는 일은 없어져야 한다. 감정의 과잉으로 온몸에 닭살이 돋게 하는 어설픈 시들이 사라져야 한다. 좀더 혼을 담고 좀더 치열한 시다운 시를 써야 한다. 이런 혼돈의 세태 속에 그래도 이런 시집을 출간

할 수 있게 된 것은 그나마 다행이다. 책을 발행해 준 황
금알 출판사에 감사드리며 시집을 출간할 수 있도록 매
의 눈으로 이경순 시인을 발굴해 준 인천문화재단의 심
사위원들에게도 진심으로 감사를 전한다. 그리고 제대
로 된 해설을 할 능력도 없는 무명인無名人의 독설뿐인 어
설픈 해설을 실어 준 것에 진심으로 감사한다. 마지막으
로 이 땅에 진정한 시혼詩魂을 가진 시인들이 넘쳐나기
를, 살아남기를 간절하게 소망해 본다.